엄마도 땡땡이가 필요해

아이시레인 지음

서사헌

2011년 6월 어느 날 조리원 퇴소 후 아이와 단둘이 집 안에 덩그러니 남겨졌다. 앞으로 무슨 일이 벌어질지 어떻게 해야 하는지 생각해본 적도 없었다. 그렇게 갑자기 엄마가 되었다.

남편은 직업상 매우 바빴고, 내가 낳은 아이는 하루 종일 울며, 보채며, 잠도 자지 않았다. 일명 등에 센서 달린 아기였다. 잠이 든 것 같아 내려놓으려 하면 깨서 울었고, 다시 안아서 어르고 달래다 겨우 잠든 것 같아 눕히려고 하면, 또다시 깨서 칭얼거렸다. 이러한 상황은 24시간 내내 계속되었다. 화장실도 못 가고, 밥도 못 먹고, 잠도 자지 못했다.

신생아는 '먹고', '자고', '싸고'의 반복이라던데 '먹고', '울고', '싸고', '울고'의 무한 반복이었다. 잠도 안 자고 울기만 하는 아이가 걱정이 되어 육아 사전을 펼쳐보았는데 현실과는 너무 달랐다. 매일 밤낮으로 울고 보채는 아이를 달래다 지친 나는, 급기야 이성적 사고를 할 수 없는 지경에 이르렀다.

그렇게 지치고 힘든 어느 날.

우연히 인터넷 커뮤니티에서 육아가 너무 힘들다고 하소연하는 한 엄마의 글을 읽게 되었다.

'어머나, 나만 그런 게 아니었구나!'

비슷한 상황에 놓여 있는 엄마들의 글을 읽는 것만으로도, 지쳐 있던 내 마음에 큰 위로가 되었다. 그중 한 선배 맘의 답글이 가장 기억에 남는다.

"지금 한창 힘들 때입니다. 그런데 그거 아세요? 출산 시에 아기가 겪는 고통은 엄마의 고통보다 훨씬 더 크다고 해요. 새롭게 마주한 세상은 너무나 낯설고 불안하며 힘이 들죠. 아기는 엄마를 만나기 위해 그 고통을 견디며 세상에 태어난 거예요. 아기가 우는 것은 불편함 때문이기도 하지만, 성장통일 수도 있어요. 아기도 크느라 많이 힘들어서 그러는 걸 거예요. 힘들지만 귀여운 아기를 보며 힘내보아요. 지금은 힘드시겠지만, 지나고 나면 그 시간이 너무 아쉽고 그립고 그렇답니다."

글을 읽고 두 가지 생각이 떠올랐다.

첫 번째는 아기 입장에서 생각해보기. 아기를 돌보는 동안, 아기의 불편함과 고통에 대해서는 단 한 번도 생각해본 적이 없었다. 역지사지로 생각해보니, 엄마 아빠를 만나기 위해 견뎌야 할 출산의 고통과 하루하루 성장통을 겪어가며 아파 울고 있는 작고 연약한 아기가 가엾게 느껴졌다. 그렇게 생각을 바꾸니 울기만 하는 아기가 더 이상 원망스럽지 않았다.

두 번째는 비슷한 처지에 있는 엄마들끼리 경험을 공유하는 것만으로도 큰 위로가 된다는 사실이다. 그 글을 계기로 육아를 바라보는 나의 생각과 태도가 달라진 것처럼 말이다. 그날 이후, 나도 누군가를 위로할 수 있는 무언가를 하고 싶다는 생각이 들었다.

스무 살 즈음이었을까, 웹툰 작가가 꿈이었던 적이 있었는데 그렇게 현재 나의 상황과 과거의 꿈이 만나 지금의 육아 웹툰을 시작하게 되었다. 오늘도 지치고 힘든 엄마들에게 웃음과 공감과 위로가 되길 바라면서…

이 책을 시작한다.

차
례

2
역대급
힘듦

5

진짜
어른으로
성장

1

—

환상이
와장창

🙆 환상육아

저는요~
아기를 낳으면
이렇게 키우는 줄 알았어요.

하나를 가르치면 열을 깨우치고

우와~
잘한다

짝짝

혼자서도 잘 놀고

캬악~

얌전히 잘 노네
부듯해라~

두 손 꼭 잡고 나란히 걷고

기다릴 줄 알고

잘 먹고

책도 잘 보고

잠도 잘 자고 말이에요

그런데 현실은 정말 달랐어요
지금 부터 제 이야기 들어보실래요?

지금까지

한 번도 경험해보지 못한

육아 세상이

나에게도 시작되었다.

🙍 나는 안 그럴 줄 알았지

나도 아기 생기면 저렇게 살거야! 정말 멋지다.

그러나 현실은 너무도 달랐다

가만히 앉아 있어!

쉬~잇!

야! 어디가?

이리 안 와?

이것이 진짜 육아 현실이었다는..

육아를 하면서 크게 깨달은 점은
직접 '경험'하지 않으면 상대방이 처한 상황을
제대로 이해할 수 없다는 것이다.
그동안 참 건방지게 상대를 심판했구나 싶었다.
앞으로는 속단하지 말고 겸손해져야겠다.

육아에는 퇴근이 없다

아침먹고 치우면 점심준비.
점심먹고 치우면 저녁준비.
빨래는 왜 그렇게 많은지
돌리고 널고 개도 또 나오고
다람쥐 쳇바퀴 돌 듯
하루 종일 쓸고 닦고 일해도 끝이 없어

그렇게 열심히 일해도
월급도 없고 퇴근도 없어
성취감도 없고 인정도 못 받으니
자존감도 떨어지고..
엄마가 되고 나니 내 시간은
그 어디에도 없어
내가 사라지는 기분이야

그것뿐이 아니야
육아와 교육도 모두 내 몫이고
애들 문제 생기면
그것도 다 내 탓이야

신랑이 안도와줘?

신랑? 하루가 멀다 하고
회식에 약속, 좀 일찍 들어온
날은 일하고 와서 피곤하다며
오자마자 누워 스마트폰에 TV에..
어휴~ 누군 퇴근이라도 하지..

나 집에 가봐야겠다
큰 애 학원 갔다가 올 때도 됐고
신랑 퇴근할 시간 다 돼서
저녁 준비도 해야 해
미안해 또 연락하자~

어머!
그랬구나..

엄마!
친구가
밀었어!

어..응..

신입 때는 24시간 풀 근무하다

신입 딱지 떼면

겨우 잠잘 시간 정도 챙길 수 있는

욜로 시대에 유일하게 퇴근이 없는 직장

엄마라는 직업.

🙍 말하지 않아도 알아요

엄마가 되기 전에는..

엄마가 되고 난 후

말하지 않아도 알아요~

요즘은 말하지 않으면 모른다는데
육아는 다르지
그냥 눈빛만 봐도 다 알 것 같다.

복권에 당첨되면

무엇이
그들을 변하게
만드는 걸까?

🗣 임신은 그냥 되는 줄 알았지

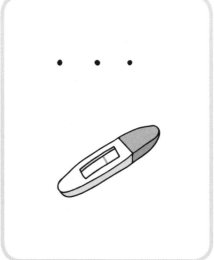

엄마가 되는 일

처음부터 쉬운 게 하나도 없더라

🗣️ 화학적 유산

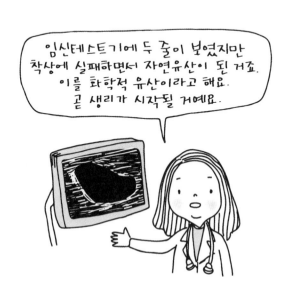

잠시나마 설레게 했던
나의 우주가 사라져 버렸다.

힘내!
다시 가지면
되지~

아기를 낳기로 마음먹고 임신을 시도한 첫 달,
화학적 유산이라는 생소한 진단을 받고
실패를 경험하게 되면서부터
불안하고 초조한 마음이 생기기 시작했다

나 이러다
아기 못 낳는 건
아니겠지?

실패..

힝~
자친다

또 실패..

휴우~
지쳐

그냥 포기를 해야 할까?

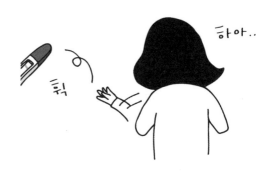

하아..

휙

몸과 마음이 건강하고 편안해야
임신이 잘된다는데
계획된 임신이 계획대로 되지 않자
더욱 스트레스 받는 환경으로 변해갔다.

임신 잘되는 방법

임신 잘되는 방법

임신 잘 되려면..

제가 임신하기 위해서

밤낮 없는
폭풍 검색..

임신인 줄 알았는데

병원에서 유산이 되었다고 해서

엄청 슬퍼했던 기억이 납니다.

습관성으로 가면 좋지 않겠지만

자연 임신이 가능하다는데 의미를 두시면

마음이 조금은 편안해질 겁니다.

🙆 엄마가 지켜줄게

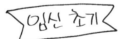

회사를 그만두고 누워 지내면
이 아이를 살릴 수 있을까?

아닐 거야
난 너를 믿어!
내가 너를 꼭 낳을테야
엄마가 지켜줄게

엄마가 되면서부터
걱정은 끊임없이 이어진다.

난임

난임 부부들은 얼마나 힘이들까
라는 생각이 들었다

수차례 실패로 인한 마음고생

노력 끝에 포기할 수밖에 없는 상황들

눈에 보이는 것이 전부는 아니기 때문에

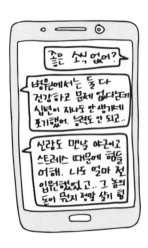

함부로 판단하면 안 될 것 같다

하루 빨리 엄마아빠를 찾아가
새해에는 좋은 소식들이 많아지길 바래본다

'눈에 보이는 게
다가 아니다'라는 말은
이럴 때 쓰는 것

🧓 걱정이 걱정을 낳고

'임신 테스트를 다시 해볼까?'

'아기집이 안 보이면 어떻게 하지?'

'심장소리 못 듣는 건 아니겠지?'

'유산되면 어쩌지?'

임신 초기는 '걱정'이 굉장히 많았던 시기 같아요.

불안 때문에 시작되는 수많은 어두운 질문들을

이렇게 바꿔보는 건 어떨까요?

'아기가 보이면 뭐라고 인사를 해줄까?'

'심장소리를 들으면 어떤 기분일까?'

'다음 진료 때는 얼마만큼 자라 있을까?'

🙁 입덧 지옥

그동안의 걱정들과는 달리
아기는 건강하게 잘 자라고 있었다

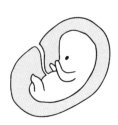

그런데 나는..

몸살난 것처럼 아프고

냄새에 예민해지고

배고프고

울렁거리고

시도 때도 없이 졸립고 피곤했다

그렇게...
본격적인 입덧이 시작되었다.

입덧 때문에 많이 힘드시죠?
'입덧은 아이가 건강하다는 신호'라고 하니
위로가 되길 바랍니다.

😊 임산부 D라인

뽀샵의 힘을 빌려 탄생한
임산부 D라인의 만삭사진을 보며
너무 큰 기대와 환상을 가졌었나 보다.
현실은... 속았네~ 속았어!

🐧 아이와 데이트

아이가 생기면
도서관 데이트를 해보고 싶었어요

전시회도 함께 가고..

여행도 가고..

Let's go!

극장 데이트도 해보고

브런치 데이트도 해보고 싶었죠

그러나 현실은
제 생각과 너무 달랐어요.

내 맘대로 되는 것은 하나도 없었고

늘 가슴이 철렁 내려앉으며

예측 불가능한 사고가 빵빵 터졌죠

살면서 한 번도 경험해 보지 못한
세상을 살아가고 있습니다.

육아 예능 프로 보면서

환상에 빠지지 않도록

조심!

해피엔딩

그와 그녀는 오랜 연애 끝에

결혼을 하고

아이도 낳아

오래 오래 행복하게 살았습니다.

그리고...

힘들고..

외롭고...

눈물 나게 슬픈 날도 많았답니다.

어릴 적에 읽었던 동화들은
모두 하나같이 '결혼하여 오랫동안
행복하게 살았답니다'로 끝을 맺는다.
그러나 그것은 환상이었고 현실은 너무도 달랐다.
더욱이 주변에서 시댁 문제, 육아 문제, 부부 사이 문제로
힘들어하는 것을 보았음에도
왜 나는 다를 것이라 생각했을까?
오랜 기간 차곡차곡 쌓여왔던 나의 환상들은
결혼과 육아가 시작되면서부터
와장창 무너져내렸다.

2

역대급
힘듦

임신 초기 대중교통

임신을 하면 후각이 예민해진다   아~ 안 돼... 제발

그런 게 아니라
저는 지금 임신초기
입덧 증상을 겪고
있습니다.

초기 임산부들은
일반인과 잘 구별되지 않습니다.
그래서 오해가 생길 때도 있고
힘들어도 선뜻 양보해달라는 말을
꺼내기가 어렵습니다.
모두가 정신없고 바쁜 출근길에는
더욱 그러하죠.
임산부가 되어 경험을 해보니
임산부가 대중교통을 이용하는 것이
쉽지 않은 일임을 알게 되었습니다.

🙂 출산

장모님!
자연분만 힘들다는데
수술하죠?

우와~ 진짜 나쁘다
자기 몸 아니라고
'수술'이란 말을
저렇게 쉽게 내뱉다니..

수술도 무섭고..
자연분만도 무섭고..
그냥 집에 가면.. 안 되겠지..
아~ 모르겠어 그냥 이대로
사라지고 싶다.끼끼

아이를 낳는다는 것은
새 생명을 얻는 기쁨이라지만,
출산의 현실은 통제할 수 없는
두려움과 고통만 존재할 뿐이다.

👧 첫 만남

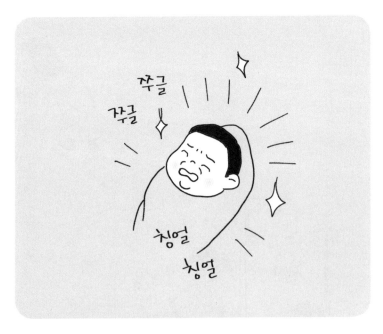

만삭을 넘기고도 나오지 않자

유도 분만을 진행하였고

오랜 진통에도 나올 생각이 없어 보여

결국 제왕절개로 4.02kg의 아들을 낳았다.

고생 끝에 만난 아기는

그렇게 내 인생의 전환점이 되었다.

🙂 쉴틈없는 조리원

누가 조리원을 천국이라 했던가!
집안일을 안 해서일까?

🙂 왜 울기만 하니

육아서와 현실육아는 정말 다르다.
하기야 세상에 정답이 있고
이미 정해진 답안대로 살아가야만 한다면
그것처럼 지루한 인생도 없겠지?
그렇다 해도 나만의 육아 방식을 찾아가는 과정은
너무 멀고도 힘난하구나.

😊 통잠

"갓 태어난 아기를 키우는 엄마에게
오직 자신만을 위한 작은 소원이라고는
고작해야 통잠 정도"

이 글과 그림을 SNS에 올렸더니
100억을 달라고 해야지
통잠이라는 소원을 빌었다고
바보라고 하더라.
엄마가 되면
본능적으로 아기를 돌봐야 한다는 책임감 때문에
돈 생각 할 겨를이 없다.
100억을 통잠하고 바꿀 정도로
엄마들에겐 잠과 체력이 부족하다.

😊 환청

너의 목소리가 들…
아니 너의 울음소리가 들려.

🙂 육아군장

엄마
안아주세요~

해맑

엄마도 힘든데
그냥 걸어가면
안 될까?

응?!

제발

으앙
엄마는 동생 만
예뻐해!

그렇지 않아
내가 널 얼마나
사랑한다고

아냐
아냐

확인시켜
줄게!

육아를 하면서 군대 생각이 많이 났다.
군장을 짊어지면 이런 기분일까?

🙂 외박

옛날 남동생이 군대 휴가 받아 나왔을 때

왜 그랬는지 이제야 알 것 같다

절대 안 잘 거야

아이들이 잠들고 난 뒤
엄마에게 주어지는 짧은 휴식 시간.
그 시간조차도 만성피로로 인해 놓치기 일쑤다
엄마에게도 오롯이 자신을 위한 시간이 필요하다.

🙂 통금

나는 어려서부터 노는 것을
무척이나 좋아했다

그런 나에게
엄마의 일방적인 '통금' 시간은
너무 야속하고 못마땅했다

그래서 늘 통금 없는 친구들이 부러웠다
언제쯤이면 저들 처럼 자유로울 수 있을까..?

그래! 결혼을 하면
'통금'에서 자유로울 수 있겠지?

사람은,

즐리면 자야 하고 배가 고프면 밥을 먹어야 하고

대소변 신호가 오면 화장실에 가야 합니다.

스트레스를 받으면 풀어야 하고

외로우면 사람을 만나서 대화를 해야 하는데

혼자서 하는 육아는 이 모든 것들을 마비시킵니다.

허기지고 외롭고 만성피로에 지쳐 있는 와중에도

보채는 아이를 돌봐야 하고 온갖 집안일에 치여 삽니다.

하루 종일 고군분투하여도

사회적 시선은 '집에서 노는 여자'로 곱지 않습니다.

이런 무기력한 상황의 반복은 육아 우울증으로 이어지기도 합니다.

엄마의 우울증으로 문제가 생기면

모두들 혀를 끌끌 차고 손가락질을 해댑니다.

모든 게 다 엄마 탓이라고만 합니다.

누구나 힘들고 지치면 정상적인 사고를 할 수 없습니다.

처음 엄마 노릇 하느라 시행착오를 겪어가며 성장통을 겪는 과정이니

너무 그렇게 타박하지 말고 칭찬도 좀 해주세요.

엄마가 되기 위해 엄마들은 열심히 경험하고 있습니다.

🙂 엄마따라 삼만리

나의 모든 걸
사랑해줘서
고마워요!

🙂 엄마의 식사

생각하시는 것처럼 육아는 여유롭지 않습니다.

오늘도 끼니를 대충 때워가며

전투 육아를 하고 있습니다.

🙂 난생 처음 겪는 힘든 육아

괜찮아.
넌 충분히
잘하고 있어

토닥
토닥

어느 날 갑자기 엄마가 되었습니다.
가족이 생기면 마냥 행복할 줄로만 알았는데
난생처음 겪는 낯선 육아는
그렇게 호락호락하지 않았습니다.
끝이 보이지 않는 어두운 터널 속으로
매일 조금씩 내가 사려져가는 기분이었죠.
나름의 노하우와 여유가 생긴 지금
막 출산을 하고 아기를 돌보던 지난 날을 회상해보니
처음 겪어 힘들었던 모든 일들을
지금껏 얼마나 잘 해내고 있었는지
나 자신이 너무나도 대견스러웠습니다.
아이는 사랑스럽지만 육아는 누가 해도 힘이 듭니다.
힘이 들면 무기력한 우울감이 밀려오게 마련이죠.
그러면 그때 나에게 말해주세요.
'괜찮아, 넌 충분히 잘하고 있어!'

🙂 이유식 첫날

젖만 먹던 아기가
드디어 이유식을 시작하게 되었다

어설프지만..
사랑과 정성을 듬뿍 넣어
준비한 첫 이유식

드디어 첫 술.. 떨린다

엄마 믿지?

아~

세상에 태어나서
젖 이외에 그 어떤 것도
먹어본 적이 없지만..

그렇다해도 이건
맛없는 게 분명해!!

어머니
저 한테 왜
이러시나요?

처음부터
이러면 곤란해.

🥚 이유식이 맛없는 이유

(조미료)간 때문이여!

아들!
책에서
돌 전까지
간하지 말랬어

다 널 위해서야.
원래 몸에 좋은 건
맛이 없어.

🙂 오겡끼데스까

결혼 전에는
친구와 전화로 한참동안 수다를 떨고도
모자라 급만남을 하기도 했었는데

결혼해서 아이를 낳은 뒤로

더 이상 그 어떤 대화도
이어나갈 수 없었다

그렇게 친구와는 가끔
생사만 확인하는 사이가 되었다

친구야! 살아 있었구나
우리 애들 다 키워놓고
꼭 다시 만나자
그때까지 건강해라

우정까지 갈라놓는

초강력 육아의 세계

🙂 엄마의 악몽

이런 꿈 한번 꾸고 나면
그동안 숨어 있다가 스멀스멀 올라오는
자식을 향한 내 욕심들이
나의 머리통을 세차게 후려치고 사라져버린다.
'건강하게만 자라다오'
라고 했던 다짐.
벌써 잊어버린 것은
아니겠지?

🙂 엄마 언제 놀아

엄마 노릇하기
정말 힘드네.

나만의 시간

오! 신이시여~
육아에 지친 나에게
신이 내린 축복의 시간

뭘 할 수 있을까?

상상하는 잠깐 동안 행복했어.

🍞 아이가 아프던 날

이 정도면
하원하기 훨씬 이전부터 아팠을 거 같은데
컨디션이 좋았다고?

설마..
많은 아이들 속에서 관심받기 위해
아픈데 참고 있었던거니?

이제 겨우 이십 여개월
너도 힘든 사회생활을 하고 있었구나

워킹맘으로 산다는 것이
죄인처럼 느껴지던 어느 날 밤

😊 가족 프사

가족 모두가 잘 나온 사진을
건지는 것은 쉬운 일이 아닌 것 같다

살다보면 엄마의 희생이
필요한 순간도 있지만
프사만큼은 양보 못 해!!
이번 만큼은 니들이 희생해라.

이것만은
포기 못 해!

엄마 똥 쌌지

엄마는 화장실도

편히 못 가.

🙂 모기

엥

어이~ 일어나봐
내가 이 아이들을
인질로 잡고 있거든

뭐이? 감히 내 아이들을.
아이들의 엄마로서
널 용서하지 않겠다

휘릭~

나의 수면을 모기에게 알리지 마라.

-한밤의 대첩

이불 안 덮고 자는 아이

밤마다 이불을 차내는 두 녀석들 때문에

밤잠을 설쳐대던 나날들.

걷어차면 덮어주고 걷어차면 덮어주고

밤새 이불과 씨름하다 문득,

'내가 느끼는 온도와 아이가 느끼는 온도가

정말 다를 수도 있겠구나'

싶었습니다.

아마도…

뱃속에서 나온 그날 이후부터

나와 다른 온도로 살아오고 있었을 겁니다.

육아를 함에 있어

그 모든 기준이 내가 되지 말고

있는 그대로 아이를 바라보는 연습을

꾸준히 해야겠습니다.

👧 등 긁어주세요

뭐지?
추억 돋는 이 느낌..
언제 있었던일 같은데..
어디서 해봤지?

·151

엄마가 되고 나면
못하는 게 없어지는구나.

🙂 엄마의 꿈

어렸을 때,
가수의 꿈을 키울 만큼

와~ 멋지다
나도 가수가
되고 싶어!

풍부한 성량과

난 괜찮나~
우워워어~

폭발적인 고음을 지닌
꿀 보이스를

거어어어얼~

지금 이렇게 사용하고 있다

이렇게만 쓰기엔
넘나 아까운 내 목소리..
그렇다면....?

대박스타K
서울지역 예선

안녕하세요?
뒤늦게 꿈을 이루고 싶어
이렇게 참가하게
되었습니다.
애 봐 줄
사람이 없어서
데려왔어요
시작 할게요

우리가 놓치고 사는 것

아이들에게
부모의 관심과 사랑이 가장 필요한 시간

부모에게
다시 오지 않을 소중한 시간

그 시간에 우리는 돈을 버느라 바쁘고

끝도 없는
집안일에 지쳐서

아이들과 즐거운
시간을 보내기는커녕
짜증내고 화내기 바쁘다

함께 웃고 행복 하기에도 모자란 그 시간을
우리는 그렇게 하루 하루 놓쳐가고 있다

지나고 보면 아이들 어릴 때가

가장 행복할 때라는데

막상 그 시간에 우리는

일과 육아에 지쳐

그 사실을 깨닫지 못한 채로

흘려보낸다.

미세먼지

어릴 적에 비 오는 날이 너무 싫었다

그래서 이다음에 아이를 낳으면

함께 비를 맞으며 신나게 놀아주리라
다짐을 했었는데

뿌연 미세먼지로 가득한 지금은
상상도 못할 일이 되어버렸다

외출시
마스크가 필수품이 되어버린 지금..

미세먼지 없는 날은 반가운 날이 되어 버렸다

날이 갈수록
평범했던 일상이
그리워진다.

🙂 호기심

어른들 눈에 위험천만한 세상이

아이들에겐,
그저 신비롭고 즐거운 곳이 아닐까?

경험도 해봐야 좋은 건지

나쁜 건지 알 수 있겠지.

하지만 아이들의 호기심은

부모에겐

늘 불안하고 힘들다.

🙂 엄마는 아플 틈도 없다

엄마는

아플 시간도 없다.

🙂 어느새

함께 먹고

함께 놀고　　　　　　함께 씻고

함께 자고..

그렇게 육아에 푹 빠져 살다보니
어느새..

인생이란 게 이런 거래요.

3

화나고
우울하고

🙂 등센서 아기 때문에

신생아 키우던 시절,

어떤 경험도 정보도 없던 나는

아이의 패턴에 맞춰 육아를 하게 되었다.

그러다 보니, 아이가 울고 보채며 잠을 안 자면

나 또한 잠도 못 자고 식사까지 거르는 일이 허다했다.

하루 종일 우는 애를 안고 업고 사느라

삶 자체가 엉망진창이었는데….

9년이 훌쩍 지난 지금,

아이가 좀 울어도 내 밥 먼저 챙기고 나서, 아이를 돌보았더라면

적어도 배가 고파서 서러웠던 마음 하나는

덜어낼 수 있지 않았을까 싶다.

아이보다 엄마를 우선으로 돌봐야 한다는 걸

이제야 알게 되었다.

엄마의 몸과 마음이 편안해야

아이를 잘 돌볼 수 있다는 것을.

집안일이 끝도 없는 이유

해도 해도
끝이 없고
티 안 나는 일

🙂 오늘은 화내지 말아야지

너에겐 도전이고 탐색이지만
나에겐 노동이다.
그래도 엄마가 화내서
미안해.

😊 잠 좀 자자

사고는 방심하는 순간

일어난다.

🙂 밥 좀 먹자

엄마도 밥 좀 먹자.

🙂 내 안의 감정들

한없이 행복하다가도

끝임없이 걱정되고

배꼽 빠지게 즐겁다가도

가슴 찢어지게 속상하고

시도 때도 없이
미친 사람처럼 화가 치밀어 오른다

육아를 하면서
인생 최대의 다양한 감정을 경험하고 있다

하루 열두 번도 더 바뀌는 나의 감정들.
나도 내가 왜 이러는지 잘 모르겠어.
그걸 알면 육아가 이렇게 힘들지도 않겠지.
그래! 어쩌면 육아는
나를 알아가는 시간일 거야.

😊 애들이 조용할 때

애들이 조용할 때는?
잘 때, 먹을 때,
그리고... ... ...사고 칠 때!

😊 엘리베이터 안에서

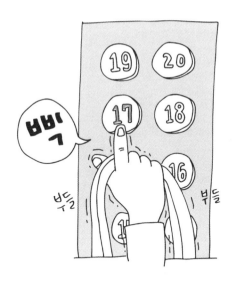

무섭게 미운 네 살

🙂 아이를 위해서 하는 일

아이를 낳으면
행복한 아이로 키우리라
다짐을 했다

그런데 막상 부모가 되어보니

엄마
놀면 안되요?

안 돼
이거 하고
놀아

살아보니
행복은 성적순
이더라..
이게 다
널 위해서야

천연 아이스크림
만들어 준다니까
그 새를 못 참고
다 쏠니?

아이스크림이
얼마큼 만들어졌는지
궁금했어요.

아이를 위해서 한다는 모든 것들이
정말 아이를 위한 일일까?

아이의 행복을 바란다면서
아이를 지켜보는 내 표정은 왜 이럴까?
엄마라는 직업, 참 힘들다.

아이가 자라면 그 경험을 바탕으로
엄마도 성장합니다.
그래서 아이에게 엄마는
늘 초보일 수밖에 없습니다.

👩 상처

엄마가 되고나서
생기는 상처들은 대부분..

이런 경우들이다

문제는 나이가 들어서인지
잘 낫지를 않는다

으 악

나 이제
늙었나벼...

며칠이 지나도
변함없는
나의 상처들이여

아프니까 청춘이라던데
나이 들면 더 아프거든!!

⏺ 코로나

일단 병원에서
처방 받은 약 먹고
지켜 보자.

엄마 어지럽고
뜨거워..

너도?
기침은 안 하니?
열부터 재보자

하.. 맙소사! 39도...
코로나 신고 해야하나?

코로나 우울증으로 인해

없던 병도 생길 판.

사랑의 치카치카

양치하기 싫어하는 아이들에게
사랑의 양치 법을 소개합니다.

내가 형이야

어느새 어딜 가도 꿀리지 않는
나이가 되어버렸다.

🙂 엄마는 누가 공감해 주나요

아이를 진심으로
공감해 주세요

아~
지금 당장
갖고 싶은 거로구나

가게 문
닫았다니까
하~정말

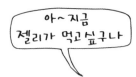

아~지금
젤리가 먹고 싶구나

왜 잘 시간만 되면
이럴까 하~

공감 그거
내가 더 필요해

엄마가 행복해야
아이들도 행복하다는데
엄마는 누가 공감해주나요?

🙂 육아 수행

예고없이 시작된 엄마 노릇!

낯선 육아를 통해
놀라운 세상을 경험하게 되는데..

그곳에서
우연히 마주치게 된
내 안의 또 다른 나

치우고 치워도 끝이 없는
네버엔딩 육아 스토리

현실과 내면을 넘나드는
환장의 공포 스릴러 육아!

육아야말로 진정한 수행이로구나~
나무아미타불 관세음보살

참자!
견디자!

탁 탁 탁!

엄마는 그냥 되는 줄 알았습니다.

그러나 아이를 낳고 키워보니

엄마도 끊임없이

아프고 참고 견디고 실패하고 배워가면서

아이와 함께 크는 존재라는 것을

깨닫게 되었습니다.

4
———

그래도
행복해

👩 팬티 하나 입었을 뿐인데

뭘 해도 이쁜 내 강아지!
효자 노릇 톡톡히 하네~

🙂 위로

토닥

토닥

토닥

엄마! 많이 힘들죠?
내가 매일 조금씩 자라느라 그래요.
조금만 기다려주시면
난 또 어느새 쑥~ 자라 있을 거예요.

토닥

토닥

아휴~
내가 무슨 생각을 한 거야?
엄마가 힘낼게
이 또한 지나가고 나면
아쉽고 소중한 시간이 될 테니까..

아이 때문에 힘이 들지만
또 그 아이에게서 힘을 얻는다.
육아는 참 복잡 미묘하다.

자는 모습이 이뻐서 그만

애를 잘 때 보면 천사 같다고 하죠?
왜 그런 표현을 하는지
부모가 되어보면 알 수 있습니다.
'나만의 시간'과 바꿔도 아깝지 않을 만큼
황홀한 시간이죠.
하지만 아기 천사가 잠에서 깨어나면
또다시 육아 전쟁은 시작됩니다.

둘째 낳아보니

내 욕심에 낳아서 고생시키는 건 아닐까?

둘이면 좋다더니
서로에게 상처가 되는것은 아닌지

둘은커녕 하나에 집중하기도 힘들다

일과 지출 모든것이 두 배

둘째..
괜히 낳았나...

라고 하기엔
둘째가 너무 이쁘고 귀엽고 사랑스럽다
그저 존재만으로 모든 고생을 잊게 한다

둘째는
사랑입니다♡

🙂 가족이란 퍼즐 같은 것

가족 구성원 모두에게는
저마다 자신의 역할에 맞는
퍼즐 조각을 가지고 있습니다

한 조각

한 조각

모두 소중합니다

한 조각이라도
잃어버리면

완성할 수 없으니까요

각자의 역할에
충실하고 계신가요?

행복은 마음 먹기에 달린 것

혼자 씻을 날도 머지않았다고 생각하니
지금이 참 소중하네

상황을 바꿀 수 없다면
관점을 바꿔보세요
그러면 상황도 달라집니다.

셀카

육아를 하다 보면 초라해지는 내 모습에
우울하고 슬퍼진다.
하지만 화려한 모습도, 부족한 모습도 나의 일 부분일 뿐이다.
육아를 위해서 꾸미는 것을 잠시 양보한 시간 동안에
볼품 없어진 지금의 내 모습도
충분히 사랑받을 가치가 있다.

😊 아이를 낳고 몸매는 망가졌지만

너희들이 있어서
엄마는 정말 행복해.

😊 안아주세요

육아는 너무 힘들지만

그럼에도 불구하고

꿋꿋이 버틸 수 있는 건

지금 아이들에게 받는

사랑이 더 크기 때문이다.

🙂 일상의 소소한 행복

내게는 너무 멀게만 느껴졌던 행복

와~
집이 엄청 좋아 보인다
부럽다!

대박!

와~
나이도 어려 보이는데
비싼 차 타고 다니네
좋겠다!

부웅~

거울아 거울아
세상에서 누가 제일
예쁘니?

눈이 좀 커지고
코도 높아지고
얼굴도 갸름해지고
키도 커지면
소원이 없겠네~

에혀~

쉽게 닿을 수 없을 것만 같았던 행복은

생각보다 아주 가까이에 있었음을

아이들을 만나면서
일상의 행복을 비로소 깨닫게 되었다

날씨 너무 좋다
아이들과
나들이 가면
참 좋아하겠네

우리가 믿었던 대단한 행복은

그 누구에게도 오지 않을 거야.

왜냐하면...

현재에 만족하지 못하면

그때도 만족하지 못할 테니까!

🙂 아줌마 향기

간만에 머리를 하니

깃털만큼 가벼운 이 발걸음

상큼 발랄한 느낌에 기분도 UP!

ㅋㅋ
선글라스
준비했지롱~

다시 20대로 돌아간 기분

누가 나를
아줌마로
생각하겠어?

짜잔

바로 그때,

아줌마
이거 떨어뜨렸어요~

아...
아줌마..

헐

눈도 가리고
짧은 바지
입었는데..
어딜 봐서
아줌마지?

나에게 숨겨지지 않는
아줌마 본능이라도 있는 걸까?
진짜 아줌마가 된 지금에도
너무 낯설게 느껴지는 호칭
아. 줌. 마.

🙂 지금이 아니면 할 수 없을 것 같아서

언제 이렇게 컸지?

업어줄까?

나 많이 커서
엄마 다리 아파서
안 된다고 했잖아
이제 안 아파?

지금이 아니면
할 수 없을 것 같아서..

오늘 이 순간은
다시 돌아오지 않겠지.
먼 훗날에 지금 너의 모습이
너무 그리울 것 같아.

5

———

진짜
어른으로
성장

🙂 고해성사

조금만 더 참을 걸...
내일부터 화내지 않을게..

다음날

자는 얼굴 보니 더 미안하네..
내일은 진짜 진짜 화내지 말아야지

그 다음날

하아~ 정말.. 왜 그랬을까..
엄마가 진짜 미안해!!

진짜
내일부터는..

ㄹㄹㄹ

또 그 다음날

내가 정말.. 너한테 할 말이 없구나..

울쩍

ㄹㄹㄹ

매일 밤

난... 쓰레기야!!

엉엉~

ㄹㄹㄹ

오늘밤

나 이제 알 것 같아
매일 자책만 하는 것은 아무 의미 없다는 걸..
엄마가 매일 매일 노력할게
한 번에 바꾸긴 힘들겠지만
분명히 내일은 더 좋아질 거야

ZZZ

오늘도 아이에게 화낸 걸 후회했나요?

너무 속상해하지 말아요.

후회한다는 것은

내가 무엇을 잘못했는지 알고 있다는 거예요.

모르면 고칠 수 없지만

알고 있다면 고칠 수 있습니다.

꾸준히 노력하다 보면 분명 달라질 수 있습니다.

완벽한 부모의 모습으로

아이를 양육하면 좋을 것 같지만

세상에 완벽한 사람은 없습니다.

십 년이고 이십 년이고

노력해서 성장하는 부모의 모습을

보여주는 것만으로도

우리 아이들에게 충분한 교육이 되지 않을까요?

좋은 엄마 말고

행복한 엄마가 되어주세요.

🙂 이렇게 사는 게 어때서

지금은..

결혼 전,

먼저 결혼해서 생활하고 있는 친구를 모처럼 만났습니다.

반가운 마음에 대화를 시작해보지만

옆에 아이들 때문에 매번 말이 끊기고 말았습니다.

예전에는 여행도 가고, 영화도 보고 맛집도 가며 자유롭게 지내던 친구는

결혼을 하고 아이가 생기니 혼자 화장실 갈 틈도 없이 바빴습니다.

옆에서 보기만 해도 답답하고 힘들어 보였습니다.

나는 저렇게 살기는 좀 힘들 것 같다고 생각했습니다.

이후 저도 결혼을 하고 아이를 둘이나 낳았습니다.

엄마가 되어버린 지금

결혼 전에는 그토록 어렵게만 느껴졌던 모든 일들을

알아서 척척 해내고 있습니다.

나처럼 살기는 힘들 것 같다고 말하는 동생에게

아이들이 있어서 행복하다고 말해줍니다.

엄마가 되면 강해진다더니

그 말이 사실이었습니다.

아무리 생각해봐도

'엄마'는 정말

대단한 것 같습니다.

😊 지금 이 순간

지금에 난
미래에 그립고 아쉬워 할
소중한 시간을 살고 있는 거로구나!

오늘도 내일도
많이 많이 안아주고 사랑해 줄게
나중에 후회하지 않을 만큼..

아이를 키우는 일은

미래의 행복을 보장받기 위함이 아니라

지금 이 순간이 행복하기 위함이다.

부부가 육아를 함께해야 하는 이유

혼자서 육아를 한다는 건

모든 짐을 혼자서 짊어지는 거나
다름이 없어

경험을 해보지 않고 상대방의 마음을
헤아린다는 것은 결코 쉬운 일이 아니거든

엄마도 처음부터 엄마는 아니었습니다.
부족하지만 하나하나 배워가며
점차 엄마로 성장하는 것이죠.
이때 아빠는 혼자서도 척척 잘 해내는
엄마에게 모든 것을 미루고,
엄마는 그것도 못하냐며
아빠를 구박하기 시작합니다.
그런 엄마는 혼자 아이를 키우면서
더 성장하는 반면,
아빠는 육아에서 점점 더 멀어지게 되죠.
그렇게 부부의 육아 간격은
계속해서 벌어지게 됩니다.
가능하다면,
육아는 처음부터 지지고 볶고 싸우더라도
부부가 함께 성장해 나가는 것을 추천합니다.
함께하는 길은 더 멀리 갈 수 있지만,
혼자 가는 길은 외롭고 쓸쓸하며
금세 지치기 때문입니다.

엄마도 나처럼

하~누굴 닮아서 이럴까?
에혀~ 누구긴 누구야.. 나 닮았겠지

그때는 알지 못했다

엄마가 왜 그랬는지....

그런데 이제는 조금

알 것 같다.

😊 독립

너무나도 소중하고 사랑스런 아이들..
나 정말 이 아이들로부터 '독립'할 수 있을까?

부모와 자식과의 관계는
서로 독립이 되지 못할 때 문제가 된다.
아이들의 독립을 걱정하기 이전에
나부터 이 예쁜 아이들에게서
성공적인 독립을
할 수 있을지 걱정이다.

엄마의 언어

보통때 같으면..

라고 대답했을텐데..

그날따라..

말은 마법과도 같다.
좋은 말은 아이의 마음을 움직이게 하고
나쁜 말은 아이의 마음을 닫게 만든다.

😊 대화

아이와 대화하는 방법은

엄마가 원할 때 하는 것이 아닌

아이가 필요할 때 들어주는 것.

😊 화장실 독립

한 살 즈음
하루종일 기저귀와
씨름하던 시절

음~ 요거트 냄새ㅋ
백번 천번 싸도
다 치워줄게

두세 살 즈음
울화통 터지는 도망자 놀이

제발 누워봐!
찝찝하잖아
똥 치워줄게 엄마가..
기저귀 좀 갈자 제발

시져~
시져~

세네 살 즈음..
기저귀 떼면 편할 줄 알았는데
화장실 찾아다니는 것도 일이더라

이제 응가 해도
돼늬.. 헙
어푸 어푸

잠깐만 멈춰..
어푸 어푸
자세 잘못 잡았..
어푸 어푸

네다섯 살 즈음
지독했지만 행복했던 너와의 수다

여섯 살 즈음
뭔가 편한듯 불안한 기분

일곱 살 즈음..
그렇게 한해 두해 조금씩
나에게서 멀어져간다

엄마가
같이 가줄까?

아니요
혼자 갈 수
있어요

'언제쯤이면

스스로 할 수 있을까'

그토록 바라던

하나하나 늘어가는

아이의 독립이

왠지 아쉽고 서운하기만 하다.

😊 부모 마음

애가 커갈수록
키우기 더 힘든것 같아
말도 안 듣고..

나는 아이를 위해서 잘해보려고
엄청 노력을 하는데
아이는 그런 내 마음을
하나도 모르는 것 같아

어떻게
그럴 수 있지?

너무 속상해하지 마
나 역시 마찬가지야

바라다보면 욕심이 생기고
욕심이 지나치면 독이 된다.

둘째 낳고 가장 힘들었던 순간

둘째 출산 후

지치고 아픈 내 몸보다도
더 힘들었던 것은

갑작스런 환경 변화로 힘들었을 큰 아이에게
나마저도 상처주는 일이었다

위로가 필요한 순간에도
두 팔 가득 안아주지 못함에
가슴이 찢어질듯 아팠다

아이가 둘이면 두 배
아니 그 이상으로 행복하다던데
나에겐 그 이상으로 힘든 시간이었다

둘째 낳아보니 누가 더 이쁘냐고?
나는 둘 다 너무 안쓰럽더라

많이 힘든가요?
그렇다 해도
너무 우울해하지 말아요.
오늘의 경험이
당신을 자라게 할 테니까요.

🙂 아이들은 다 알고 있다

아이들도 저마다 자신만의 방식으로
문제를 해결할 수 있는
충분한 능력을 가지고 있다.

부모의 언어가 곧 아이의 언어

부모의 언어가
곧 아이의 언어

😊 육아 자존감

엄마를 찌질하게 만들기도 하고

잃어버린 엄마의 자존감을 되찾아 주기도 한다.

옛말에 '밭 맬래?' '애 볼래?' 하면
밭을 맨다는 이야기가 있죠.
일의 고됨 이상으로 육아가 힘들다는
조상들의 경험에서 나온 말씀입니다.
그런데 종종 육아를 우습게 말하는 사람들이 있어요.
세상에 하찮은 일은 없습니다.
남이 알아주고 칭찬해 주면 조금은 위로가 되겠지만
내가 스스로 '대단한 일을 하고 있구나'라고 생각하면
그때 자존감이 올라가는 겁니다.
오래 버틸 수 있는 에너지도 생기고요.
일이 힘들면 포기하거나 바꿀 수 있지만
엄마는 아무리 힘들어도
아이를 포기하지 않습니다.
이보다 더 위대한 일이 있을까요?
오늘도 육아로 고군분투하는
세상의 모든 엄마들에게 박수를 보냅니다.

😊 좋은 엄마 별 거 있어

'아이의 눈높이에 맞추세요.
아이의 입장에서 생각해보세요.
아이에게 욱하지 마세요. 아이를 존중해 주세요.
아이와 몸으로 즐겁게 놀아주세요.
아이의 환경을 깨끗하게 해주세요.'
아이에게 좋은 엄마가 되어주고 싶은데
갑자기 엄마가 되었다는 이유만으로
배워야 하고 참아야 하고
기다려야 하고 움직여야 하고
아파해야 하고 너무도 많이 버려야 한다.
예고도 없이 닥쳐온 이 모든 것들이
엄마에겐 너무나도 벅차기만 할 뿐이다.
우아한, 권위, 품의, 일관성... 됐고!
아이들이 나를 원하는 지금 이 순간,
에라~ 모르겠다. 신나게 막춤이나 주자!
좋은 엄마 별 거 있어?
아이들이 이렇게 좋아하는데.
이게 바로 좋은 엄마가 아니고 뭐겠어?

🙂 부족해도 괜찮아

아이들은 부모를 통해

세상의 달콤함을 배우고

아이들에게
부모의 완벽한 모습만을 보이기 위해
너무 애쓰지 마세요.
부모의 부족한 모습 속에서도
아이들은 배우고 성장합니다.

성숙한 사랑

제 사랑에 문제가 있다고요?

무슨 그런 섭한 말씀을?
제가 아이들을 얼마나 사랑하는지
몰라서 하시는 말씀입니다.

아마 아이들도 다 알고 있을 거예요
내가 얼마나 사랑하는지..

그런데 가만히 생각해 보니까..

안 돼 만지지 마!

궁금해서..

이쁜 짓 할 때만 예뻐했지,
아이들의 모든 감정을 다
이해하고 사랑해 준 건 아닌 것 같네요

안 돼 위험해!

퀵보드 타고 싶어요

그만 좀 울어 맨날 짜증이야!

시끄러워!!

자꾸 부서져.. 으앙~~

제 사랑이 부족했던 것은 아닐 거예요
성숙하지 못했던 것뿐이죠

이제 성숙한 사랑이 무엇인지
조금은 알 것 같아요

앞으로는 엄마가 성숙한 사랑
많이 많이 줄게~♡

육아는 나에게 수업이다.
나를 배움으로 이끌고
성장하게 만드는 원동력이다.

혼자서 하는 육아는 정말로 힘이 듭니다.

사람은 일한 만큼 쉬어야 회복이 되는데, 육아와 가사노동은 엄마의 한 계치를 뛰어넘습니다.

갓 태어난 아기는 2시간마다 자다 깨서 우는데, 이런 아기를 돌보는 엄마 역시 잠도 못 자고, 화장실도 못 가며, 못 씻고, 못 먹는 힘든 생활을 매일 반복하게 됩니다. 이런 상태가 지속되면 육아 우울증이 생기게 되죠. 엄마가 우울증에 빠지면 가족 모두가 위험에 빠질 수 있습니다.

하지만 사람들은 모두 엄마가 잘 이겨내지 못해서 생기는 문제라 여기고 방치합니다. 주로 엄마들만이 이러한 경험을 하다 보니, 경험해보지 못한 사람들이 쉽게 판단하고 비난하게 되는데 결코 혼자 버텨낸다고 해결될 문제는 아닙니다.

주변을 둘러보면 생각보다 많은 엄마들이 외로워하고, 상처받고, 지쳐 있습니다. 아이를 낳기 전부터 남편과 이러한 부분에 대해서 이야기를 나누고 육아에 적극적인 참여를 유도하여 함께 경험을 쌓아갈 수 있도록 노력해야 합니다.

서로 다른 사람이 결혼을 했기 때문에 항상 의견 일치가 되는 것이 쉽지는 않겠지만, 문제를 파악하고 해결해나가려고 노력하는 것과 문제도 모르고 해결할 생각이 전혀 없는 것과는 차이가 많기 때문입니다.

또한 엄마가 스스로에게 상처 주는 일은 절대 하지 않았으면 좋겠습니다. 처음이라 못하는 건 당연한 거예요. 육아를 하다 보면 자존감이 하락하는 경험을 하게 되는데, 엄마로서의 이 모든 경험은 가치 있는 일이라고 생각합니다. 힘들고 아팠던 만큼 성장해 있는 나를 발견하게 될 겁니다. 육아는 당신의 인생을 바꿀 수 있는 특별한 경험이거든요.

누군가를 이해하고 공감하고 사랑하는 일은 곧 나를 위하고 사랑하는 일입니다.

오늘도 각자의 자리에서 고군분투하는 세상의 모든 엄마들에게 박수를 보냅니다.

엄마도 땡땡이가 필요해

초판 1쇄 인쇄 2020년 12월 11일
초판 1쇄 발행 2020년 12월 22일

지은이 아이시레인
펴낸이 장선희

펴낸곳 서사원
출판등록 제2018-000296호
주소 서울시 마포구 월드컵북로400 문화콘텐츠센터 5층 22호
전화 02-898-8778
팩스 02-6008-1673
전자우편 seosawon@naver.com
블로그 blog.naver.com/seosawon
페이스북 @seosawon **인스타그램** @seosawon

총괄 이영철
편집 이소정
마케팅 권태환, 이정태, 강민호
디자인 이창욱

ⓒ 아이시레인, 2020

ISBN 979-11-90179-53-9   03810

이 도서의 국립중앙도서관 출판예정도서목록(CIP)은 서지정보유통지원시스템 홈페이지
(http://seoji.nl.go.kr)와 국가자료종합목록시스템(http://www.nl.go.kr/kolisnet)에서
이용하실 수 있습니다.(CIP제어번호 : CIP2020051464)